Gabriel Anthony Lopez

AZIMUTAL

To order additional copies of this book, contact:
Xlibris
844-714-8691
www.Xlibris.com
Orders@Xlibris.com

ISBN: Softcover   978-1-6698-1035-3
        Hardcover   978-1-6698-1036-0
        EBook   978-1-6698-1034-6

Library of Congress Control Number: 2022903167

Print information available on the last page.

Rev. date: 02/18/2022

Este libro está dedicado a mi amorosa y cariñosa madre.

Ella era una de las mejores del mundo. Siempre recordaré esos momentos en que ella estaba en mi equipo de natación, Boy Scouts y eventos académicos. Recordaré su ingenio y atención a los eventos del gran mundo exterior. Como madre, fue una de las mejores de Dios. Ella me hizo pasar por la mejor educación que pudo pensar, teniendo en cuenta de dónde era y sin pensar en cuánto dinero costaba, y siempre deseó el mundo para mí.

I

Geno miró por encima de la Estación Terrestre mientras aceleraba en la trayectoria hacia la Tierra. La Tierra se veía como siempre, menos alguna actividad ciclónica en el Océano Pacífico. Su padre, Krev, acaba de llegar de una estación de monitoreo y entró en su dormitorio. Era el año 2350 y Geno sabía de alguna manera que su padre era importante para esta misión sobre la Tierra. Geno rápidamente llamó a la Base Lunar donde Ignacio se alojaba por el momento.

"Oye," dijo, "¿todo bien en la Base Lunar?"

"Sí," dijo Ignacio. "La Base Lunar está registrando A-OK."

"¿Cómo están las cosas además de A-OK?" preguntó Geno.

"Bueno, la comida empezó a escasear hace un rato," respondió Ignacio.

Geno se puso sus botas de gravedad desde que los generadores antigravedad comenzaron a agotarse en la Estación Terrestre. Caminó con cautela por un largo pasillo hasta el dispensador de comida. Geno seguía preguntándose acerca de su padre Krev y qué le estaba diciendo la Defensa Planetaria para Geología y Geografía.

No había habido ninguna actividad sísmica en la Tierra durante bastante tiempo, y siguieron haciendo misiones al planeta, al igual que la Base Lunar. Geno tenía solo veintitrés años en el tiempo de la Tierra, pero últimamente no podía dormir. Siguió despertándose como si hubiera olvidado algo en medio de la noche en el tiempo de la Tierra. Geno miró una pantalla y la tocó.

Ignacio apareció en él. Se estaba afeitando la cara. Geno se giró y puso su plato de comida a medio comer en un dispensador de basura.

"Hasta ahora, la Base Lunar podría estar major," dijo Ignacio con cinismo. "Tuve que afeitarme hoy."

"Ah, ya veo," dijo Geno.

Ignacio era de México, pero después del cataclismo geológico en la Tierra hace más de un siglo, el país se había aliado con el resto de las Américas, especialmente de donde era Geno, los Estados Unidos de América. Geno miró hacia abajo mientras caminaba pesadamente por el comedor y se encontró con una vieja calcomanía y un parche de la NASA tirados en el suelo. Eso también había cambiado desde el gran cataclismo. La línea de falla de San Andrés finalmente se había roto y las principales poblaciones de California se redujeron. La erupción de Yellowstone había ocurrido. A partir de entonces, el planeta dejó de recibir actividad sísmica.

Ignacio siempre fue el bromista. Probablemente pagó a alguien para que los pusiera allí para burlarse de Geno. Geno no quería recordar el gran cataclismo, pero sí conocía la unión planetaria resultante, incluida la Estación Terrestre que orbita alrededor de la Tierra y la Base Lunar en la Luna.

"Bueno, a pesar de nuestra conversación tranquila, espero que sigamos siendo amigos, Geno," dijo Ignacio.

"Sí, lo somos," dijo Geno. "Desde la escuela y la inducción planetaria."

"¿Has podido dormir?" preguntó Geno.

"No, mis sueños han sido salvajes, sin embargo, con el poco sueño que he estado durmiendo," respondió Ignacio.

"¿En realidad?" dijo Geno. "Me he estado despertando como si hubiera olvidado algo, sin soñar en absolute."

Geno leyó una vez un libro sobre sueños de Carl Jung. No estaba seguro de si era bueno o malo que Ignacio hubiera estado teniendo sueños salvajes.

"¿Qué piensas de estos sueños?" preguntó Geno.

"Bueno, al principio estoy tranquilo, pero luego tengo miedo," respondió Ignacio.

"¿Asustado de qué?" preguntó Geno.

"El futuro, por supuesto," respondió Ignacio.

Ignacio hizo clic en la pantalla para apagarla y le deseó a Geno un buen día y buenas noches hasta que se pusieran en contacto nuevamente. Geno volvió a tocar sus botas de gravedad. Regresó a su dormitorio. Se preguntó qué estaría haciendo su padre Krev. Una vez que entró en su habitación, se quitó las botas de gravedad y comenzó a flotar. Estaba cansado después de comer. Y su padre estaba todavía en su habitación; lo escuchó vagamente revisar algunos papeles y algunos blocs de computadora. Mientras Geno se recostaba en su cama, no pudo evitar preguntarse qué estaba diciendo Ignacio sobre su sueño. Tal vez él también tendría algunos sueños.

II

Al día siguiente, Krev despertó a Geno. La Defensa Planetaria para Geología y Geografía acaba de tener una reunión. Las noticias eran malas. La situación política en la Tierra colapsó debido al aumento de la actividad sísmica. Las operaciones mineras clandestinas habían sido las culpables. Krev alertó a la Base de Marte para ver qué podían hacer, en todo caso, para que la Tierra volviera a ser estable. Y allí yacía Kakuro. Kakuro era amigo de Geno incluso durante la escuela y durante la iniciación planetaria en la Defensa Planetaria para Geología y Geografía.

"Vamos, despierta," dijo Krev.

"No," dijo Geno. "Acabo de tener este sueño. Un sueño en el que estabas en Marte antes de que fuera terraformado.

"¡Antes de que fuera terraformado!" dijo Krev. "Estás viendo cosas. Eso sucedió hace casi cien años. Vamos, tengo que mostrarte algo, Geno."

El padre de Geno siempre había sido un misterio para él. Sus deberes eran un misterio para él. Geno a veces se sentía como si fuera una vieja palabra humana llamada "estar protegido." Krev nunca le hizo saber cuáles eran sus verdaderos deberes.

"¿A dónde vamos?" preguntó Geno.

"¡Verás!" respondió Krev.

Agarraron sus botas de gravedad; los generadores de gravedad no habían vuelto a funcionar. Krev parecía entusiasmado, pero ¿por qué? Geno se preguntó aún más para sí mismo. ¿Iba finalmente a decirle el secreto de sus deberes en la Defensa Planetaria para Geología y Geografía? Krev y Geno caminaron hacia un lugar llamado Cartografía estelar.

Krev escaneó su mano sobre la consola de la Cartografía Estelar de la Base Terrestre. Tan pronto como hizo eso, la habitación se oscureció y Geno se cubrió de estrellas, y en el centro estaba el sistema solar, nuestro sistema solar. Geno trató de leer el rostro de su padre pero no pudo. Era una mezcla de tristeza y franqueza, como si estuviera a punto de decir algo.

"Geno, ¿alguna vez has sentido que estabas destinado a algo, quizás más grande que tú mismo?" preguntó Krev.

"Ninguno," respondió Geno.

"Bueno, hoy comenzó la actividad sísmica en la Tierra," dijo Krev.

Geno reconoció este hecho porque la Tierra mostró señales de datos. Tocó la imagen holográfica de la Tierra, y los puntos se conectaron a todos los lugares sísmicos recientes en la Tierra que habían ocurrido. "Demasiados," murmuró para sí mismo.

Krev tocó la Base Terrestre dos veces, y Geno inmediatamente se encontró volando a través del sistema solar y no en un motor iónico. La demostración holográfica se detuvo repentinamente en Júpiter.

Geno sabía que Júpiter tenía una estación llamada simplemente Estación Júpiter, pero también sabía que lo que había más allá era peligroso. ¿Por qué su padre le estaba mostrando esto?

"¿Por qué la estación Júpiter?" inquirió Geno.

"Bueno," respondió Krev, "la actividad sísmica en la Tierra ha comenzado. Y en la estación Júpiter está la respuesta."

Geno sabía por su inducción planetaria a las estaciones en todo el sistema solar que las estaciones habían estado recopilando no solo datos y se dio cuenta de que el secreto del futuro de la Tierra era algún tipo de proceso de curación geológico que solo se encuentra en las lunas que orbitan alrededor de Júpiter.

"Creo que la Defensa Planetaria para Geología y Geografía puede enviarte a la Estación Júpiter," dijo Krev con un guiño.

"¿Quieres decir después de todo este tiempo? ¿Está todo bien, padre?" preguntó Geno.

Geno necesitaba contarle esto a alguien, quizás a Kakuro, uno de sus amigos. Pero Kakuro ya sabía cómo su padre quería decirle a Geno y huyó del peligro puesto por su padre. Pero como todos los humanos, Geno tenía deberes, a pesar de que solo tenía veintitrés años. Geno hizo una mueca físicamente ante la sugerencia. Krev no aceptaría nada de esto.

"Geno", dijo su padre Krev, "estás en el primer vuelo a la base de Marte y luego a la estación de Júpiter."

Geno abordó la nave espacial impulsada por iones. Tenía una computadora en la mano y una imagen holográfica de Kakuro apareció en la computadora. A Geno nunca le gustaron las cámaras para dormir en las naves de iones. El viaje solo duraría un mes. Había rumores de un verdadero enemigo por ahí, rumores de gente muriendo en sus cámaras de hipersueño. Era la regla de la Defensa Planetaria para Geología y Geografía que cada pasajero se comunicara a través de sueños mientras dormía. Geno salió lentamente de un orbital desde la estación terrestre. Había tomado el elixir para ralentizar los procesos metabólicos y ayudar al cerebro en el viaje.

Geno se asustó al acercarse a la nave. Kakuro estaba llamando a través de la computadora antes de que comenzara el viaje. Geno tocó el teclado de la computadora.

"¿Listo para la larga siesta?" preguntó Kakuro.

"Bueno, tal vez," respondió Geno. "Voy a pasar por el proceso de revisar y volver a revisar el barco antes del viaje. Ya tomé el elixir. Estoy en uno de los orbitales fuera de la Estación Terrestre.

"Está bien, te tengo," dijo Kakuro.

Geno estaba nervioso. Mientras caminaba por el orbital, soltó sus botas de gravedad y comenzó a flotar hacia el punto de acoplamiento con la nave espacial. Insertó su placa. De repente, el orbital no dejó entrar a Geno en la nave. "Bloqueo, iniciado," dijo la computadora.

Geno se preguntaba por qué se había iniciado el cierre. Geno comenzó a entrar en pánico. Afuera estaba la reluciente esfera de la Tierra, y cuando Geno miró a través del cristal del orbital que lo separaba del frío exterior del espacio, vio naves con destino a la Tierra que se desplegaban desde la Estación Terrestre. La Estación Terrena parecía obstaculizada por recientes desarrollos sísmicos y geológicos en la Tierra.

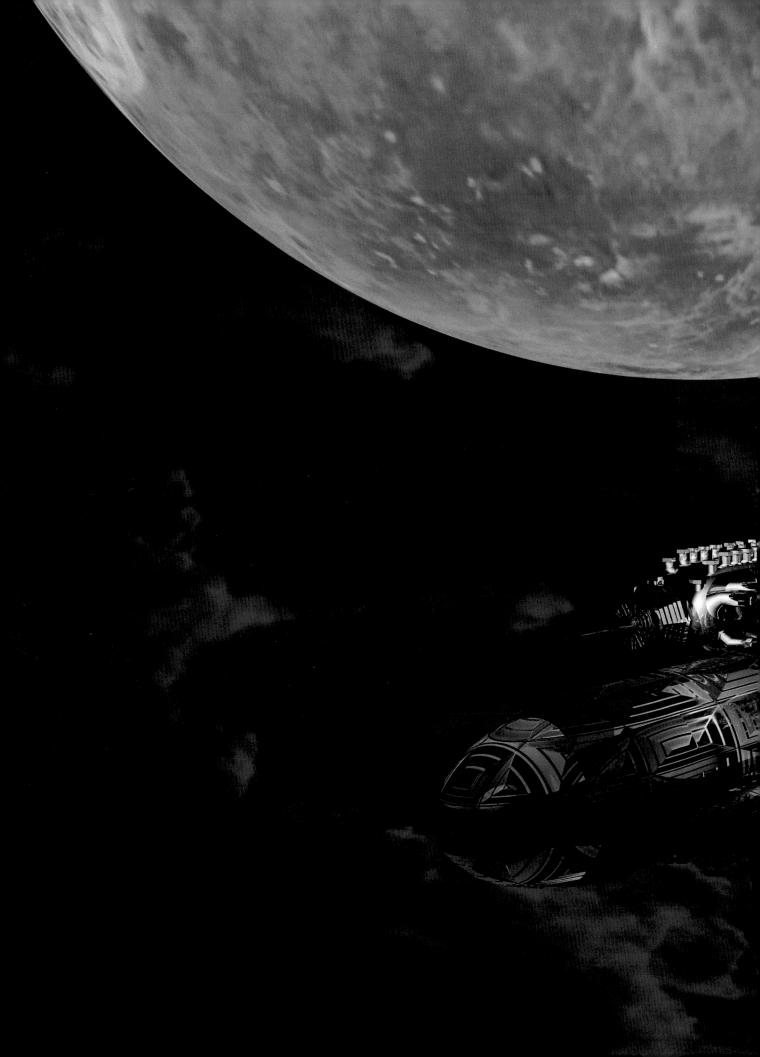

"Naves siendo desplegadas," dijo la computadora.

Geno dejó de entrar en pánico nuevamente y escuchó atentamente la computadora. Agarró su computadora. Tenía alrededor de una hora antes de que el elixir para comenzar el viaje a Marte comenzara a desaparecer. Geno comenzó a leer el teclado de la computadora. Los barcos estaban siendo desplegados en el hemisferio sur. La Antártida estaba experimentando actividad volcánica. La mayoría de los humanos entendieron el riesgo de habitar la Estación Terrestre en órbita alrededor de la Tierra y estar basados en la Base Lunar en la Luna, pero fue una apuesta descabellada después de casi 250 años de vuelos espaciales y avances en la ciencia.

Geno miró de nuevo este panel de computadora. Kakuro lo estaba llamando. Geno tocó el teclado de la computadora.

"¿Qué pasó?" preguntó Kakuro.

"Se han enviado naves a la Tierra," respondió Geno.

"¿Por qué?" preguntó Kakuro.

"Hay actividad sísmica y volcánica en la Antártida," respondió Geno. "La Estación Terrena detuvo mi lanzamiento. Con suerte, no tengo una mala reacción metabólica por no estar conectado a la nave o pasar por retiros."

"Espero que no," dijo Kakuro.

Solo el tiempo diría qué pasaría con Geno, presa del pánico. La Tierra estaba fallando en la prueba de las defensas planetarias. Estaba demostrando que era inestable. Geno todavía no entendía la reacción de su padre Krev al ponerlo repentinamente en un viaje en una nave espacial. ¿Qué quería Krev que hiciera para salvar la Tierra? Apenas estaba comenzando a descubrir el complot masivo que la Defensa Planetaria para la Geología y la Geografía tenía para la Tierra. Pero de alguna manera lo involucró.

IV

_____

Geno siguió entrando en pánico. El elixir estaba comenzando a apoderarse de sus sistemas corporales. Empezó a correr a través del orbital. Tenía que llegar al Orbital Med. ¿Qué está pasando? el pensó.

Lanzaron demasiadas naves a la Tierra. Incluso entonces, el elixir que lo ayudó a impulsarlo a Mar no debería haber fallado en su sistema corporal. Geno volvió a tocar el teclado de su computadora. Falló. La imagen de Kakuro no apareció.

Cuando Geno llegó al final del orbital, tocó otra computadora con su placa. Necesitaba ponerse en contacto con su padre. ¿Dónde está Krev Ost? dijo Geno.

La computadora se encendió cuando comenzó a escanear los datos de la estación terrestre.

"Krev Ost está ubicado en el Science Orbital," dijo la computadora de la Estación Terrestre.

Geno parpadeó. ¿Que estaba haciendo? No sabía que estaban ocurriendo experimentos científicos. Pero, ¿qué estaba pasando? Lanzaron demasiadas naves espaciales a la Tierra. ¿Se estaba rompiendo la Tierra? Gotas de sudor comenzaron a correr por la cara de Geno. Todavía necesitaba llegar al Orbital Med y luego regresar al Orbital de Lanzamiento y Muelle. ¿Sería capaz de llegar al Science Orbital para advertir a su padre que también se lance a Marte?

Todo se estaba moviendo demasiado rápido. La computadora lo condujo a la parte principal de la Estación Terrena. Geno comenzó a correr. Geno quería que alguien estuviera allí con él. Se sostuvo el estómago. Empezó a vomitar. Dejó caer su computadora en el piso de la estación. Debe llegar al Orbital Med. ¿Dónde están Ignacio y Kakuro? ¿el pensó?

Geno siguió corriendo. El elixir siguió siendo contraproducente y empezó a echar espuma por la boca.

Mientras Geno corría, comenzó a desarrollar visión doble y de túnel. Apenas podía ver. Geno no sabía cuánto tiempo había pasado o quién se llevó a su tejón, pero luego se encontró con dificultad para respirar en el piso de Med Orbital, con médicos y enfermeras de inteligencia artificial.

"¿Todo está bien?" preguntó uno de los médicos de AI.

"No," chilló y murmuró Geno a la vez. "Necesito un par de inyecciones para contrarrestar los efectos secundarios del elixir destinado a dormir a Marte," ordenó Geno.

"Está bien," dijo un grupo de enfermeras y médicos de inteligencia artificial. "Pero primero, debemos hacerle un escaneo de su cuerpo".

"Okey. Pero date prisa," dijo Geno.

Geno fue colocado inmediatamente en una mesa de medicinas. El escaneo corporal comenzó. Escaneó durante aproximadamente un minuto antes de que los médicos y enfermeras de IA gritaran simultáneamente: "¡Despejado!"

"Ahora estamos administrando el suero para contrarrestar el elixir destinado a dormir a Marte," dijo uno de los médicos de IA.

Una vez que los médicos y las enfermeras administraron el suero, Geno comenzó a preguntarse de inmediato dónde estaba su padre. Se preguntó cuánto tiempo tiene hasta que el suero haga efecto por completo. Geno perdió su computadora original, así que saltó de la mesa de medicinas y comenzó a buscar en el Med Orbital una computadora. Estaba siendo un mal paciente. Y encontró una computadora.

Habló en el bloc. "Por favor localice Krev Ost."

"Está ubicado en el Science Orbital en el nivel 3," dijo la computadora.

¿Por qué no se ha dado cuenta de que ya se han lanzado a la Tierra más de una docena de naves espaciales? ¿Qué está tratando de hacer? el pensó.

Geno necesitaba saber si su padre estaba realizando un experimento y si sabía que algunos de los elixires le resultaron contraproducentes.

V

Geno emergió del Orbital Med. Se fue a buscar a su padre. El suero todavía corría por su sistema y su torrente sanguíneo. El Science Orbital estaba al otro lado de la Estación Terrena. Se tambaleaba por los pasillos de la estación hasta que llegó al Science Orbital. Parte del personal todavía estaba monitoreando los datos recibidos de la Tierra, y algunos fueron evacuados a los Orbitales de Lanzamiento y Muelle. Geno miró su ropa. Todavía decía su apellido de Ost. Estaba tratando de ver que podía identificar al otro personal en sus estaciones de monitoreo mientras intentaban frenéticamente ajustar la geociencia que ocurría en la Tierra desde la Estación Terrestre. Finalmente, Geno se dirigió a una estación de monitoreo solitaria lejos de las estaciones de evacuación y monitoreo.

Encontró a alguien encorvado sobre una estación de monitoreo. Geno tocó a la persona. Y cuando la persona levantó la vista, era su padre Krev.

"Geno," dijo, "¿cómo llegaste aquí?"

Geno se mostró reacio a contarle sobre su experiencia en el Med Orbital. Pero podría decirle a su padre que necesita el suero para contrarrestar el elixir, que prepara a las personas para Marte. ¿Por qué no funcionó para algunos de los evacuados y presumiblemente dejó morir a algunos? Su padre estaba sufriendo. Entonces Geno inyectó una inyección que le robó a uno de los médicos y enfermeras de IA. Krev dejó escapar un gemido.

"¿Estás bien, papá?" preguntó Geno con voz frenética. "¿Estás bien?"

"Sí, lo soy, gracias por la inyección," dijo su padre.

El dolor de su padre estaba disminuyendo al tomar el elixir. Las manos de su padre todavía estaban juntas como si estuviera protegiendo algo. ¿Había microchips con información oculta? Geno no podía decirlo, pero lo sabría pronto.

"Geno," dijo Krev, "creo que alguien está tratando de sabotear la Defensa Planetaria para Geología y Geografía, pero las señales que estábamos detectando para ver si era amigo o enemigo estaban en el espacio. Debemos convertirlo en Base Marte y de allí, Base Júpiter y Saturno. El almirante no sabía lo que estaba pasando cuando la Tierra envió una señal de socorro. Lanzó una flota de naves espaciales para ayudar con el proceso de curación geológico necesario en la Tierra a todos los puntos sísmicos de la Tierra."

Geno comenzó a preguntarse qué estaba diciendo su padre. ¿Qué quiso decir con que el almirante no sabía lo que estaba pasando cuando lanzó la nave espacial? ¿Estaba todavía vivo? Geno miró un mapa de la Tierra desde la estación de monitoreo mientras su padre se recuperaba del disparo. Había una imagen de una importante metrópolis en el hemisferio norte siendo azotada por una rara actividad volcánica que no se había visto desde la fundación de la Defensa Planetaria para Geología y Geografía. Geno todavía quería saber más de su padre, pero la Estación Terrestre comenzaba a carecer de personal para mantenerse en órbita alrededor de la Tierra. Era solo cuestión de tiempo antes de que pusiera su órbita a decaer y desintegrarse en la atmósfera de la Tierra. Geno agarró a su padre por el brazo.

"Papá, vámonos," dijo Geno.

"¡Esperar! Tengo algo que darte," dijo Krev.

Geno miró a su padre. No se veía bien. ¿Qué estaba tratando de decir? ¿Llegará al orbital de lanzamiento más cercano?

"Intenta abrir mis manos," dijo Geno. Geno no podía creer que su papá pudiera estar muriendo. ¿Pero por qué? Geno no se llenó de ira porque sabía que su padre siempre lo daba todo en sus esfuerzos con la Defensa Planetaria para la Geología y la Geografía y todos sus actos en la Estación Terrestre. Geno abrió las manos de su padre. Dentro de ellos había algunos microchips, que Geno no había visto desde su inducción en fotos clasificadas. ¿Qué iba a decir su padre?

"Creo, y el resto de la tripulación con la que me he encontrado," dijo Krev, "que fue una especie de esfuerzo de sabotaje en la Tierra y la Estación Terrestre. Marte y la Base Lunar no respondían, o nos aislaron de ellos una vez que recibimos una señal de los límites exteriores del sistema solar," dijo. "Mantenga los microchips en su placa."

Geno no podía creer que hubiera un esfuerzo de sabotaje en la Tierra y la defensa planetaria. Pero ¿de dónde y por quién? Los ojos del padre de Geno comenzaron a rodar en la parte posterior de su cabeza. Claramente estaba pasando. Geno nunca supo la verdadera misión de su padre y cuál era rectificar la situación en la Tierra. Millones de personas ya han muerto solo por este incidente. Geno miró a su alrededor. Se dijo a sí mismo: "Debo regresar a un Orbital de Lanzamiento para el viaje a la Base de Marte."

VI

Geno comenzó a correr hacia el Orbital de Lanzamiento más cercano. Geno sabía que su papá ya estaba muerto. No había nada que pudiera hacer para salvarlo. Le dio la inyección para contrarrestar el elixir que había tomado. Geno sabía que su padre querría que evacuara y viviera. Geno podía sentir la órbita de la Estación Terrestre desintegrándose. Geno se ató a la nave espacial e insertó las coordenadas de la Base de Marte.

La nave espacial se lanzó desde la Base de Marte y una esfera de iones comenzó a desarrollarse alrededor de la nave. Brillaba contra los vientos solares del sol. Geno oscureció la pantalla de visualización y se preparó para el sueño iónico. Tarde o temprano, sabía que volvería a la órbita de la Tierra y averiguaría qué pasó con la Tierra, la Estación Terrestre e Ignacio. Sus últimos pensamientos fueron sobre su padre y su intención de salvar lo que quedaba de la trama de la Defensa Planetaria para Geología y Geografía para rescatar a la Tierra de la desaparición geológica.

Cuando Geno despertó, la nave espacial ya estaba orbitando Marte. Geno miró a su alrededor. Un poco de espuma brotó de su boca del buen elixir que le dieron los robots de IA en la Estación Terrestre. La situación se complicaba cada vez más. El elixir fue parte del viaje intraselar desde el cataclismo geológico en la Tierra. Se sentía como si estuviera perdiendo su potencia o algo así.

Geno sabía cuán engreídos se habían vuelto los humanos en todo el sistema solar sobre el nuevo don intraselar y su negación de lo que estaba sucediendo en su hogar en el mundo natal. Los humanos sabían esto desde la Nube de Oort, pero poco antes de la desintegración de la órbita de la Estación Terrestre alrededor de la Tierra y el apagón de la comunicación, Geno se había estado preguntando qué estaba pasando con todos los humanos en la Nube de Oort. Esas bases eran un complot para el viaje interestelar más allá del sistema solar.

De repente, una imagen de Kakuro apareció en la pantalla de visualización. Kakuro no sabía en absoluto los eventos anteriores que llevaron a la llegada de Geno a Marte. Kakuro se parecía a Ignacio antes de los desastrosos eventos.

"Oye," dijo, "algo extraño anoche. Traté de hacer uno de esos divertidos viajes al cinturón de asteroides con el elixir, pero en lugar de eso, me desperté orbitando Marte."

Geno sabía que Kakuro estaba empezando a sufrir algunos de los síntomas.

"Tuve un sueño," dijo Kakuro.

"¿Qué era?" preguntó Geno.

Kakuro comenzó a sudar. Le describió su sueño a Geno. Era un sueño de un pez puercoespín siendo azotado por un tiburón desde la tierra a través de los océanos de Europa, la luna que rodea a Júpiter. Geno estaba perplejo. No entendió su significado. Geno estaba más preocupado por el elixir, que era la clave para el viaje interestelar por todo el sistema solar, y por qué estaba sudando. ¿Kakuro siquiera sabía lo que estaba pasando con el elixir? Mientras Geno observaba cómo más gotas de sudor caían por la cara de Kakuro, ¿también estaba siendo saboteado? Geno no sabía lo que estaba ocurriendo en la Base de Marte; todo parecía estable con naves espaciales conocidas saliendo de la base. Estaba más preocupado por su amigo.

VII

Geno todavía estaba a bordo de la nave espacial de la Estación Terrena cuando comenzó a entrar en una órbita de desintegración. Geno sintió mucha pena por Kakuro. Todos sus recuerdos de infancia de él pasaron ante Geno. Kakuro siguió sudando.

"Oh, Dios mío," dijo. "Creo que me voy a morir."

"Espera," dijo Geno. "Estoy tratando de sacar la nave de una órbita en descomposición."

Insertó coordenadas a los polos de Marte para una órbita diferente a la ecuatorial. Sabía que de alguna manera tenía que salvar a Kakuro e Ignacio. Su padre ya estaba muerto y, a estas alturas, la Estación Terrestre se ha desintegrado en la atmósfera de la Tierra. Todo el complot para salvar la Tierra por parte de la Defensa Planetaria para Geología y Geografía estaba siendo saboteado. ¿Pero por quién? Geno ya estaba en Marte. ¿Sabían las bandas exteriores de humanos que habían iniciado una diáspora en el espacio lo que le había sucedido a la Tierra, la Luna y ahora a Marte?

"Kakuro, ¿cómo te sientes?" preguntó Geno.

"Me siento horrible," dijo Kakuro mientras jadeaba.

"Déjame enviar una nueva ecuación química para recalibrar el suero en ti a algo habitable."

Geno cruzó los dedos. Geno tocó el teclado de la computadora más cercano y envió un pulso de comunicación más intenso a Kakuro para asegurarse de que la ecuación química atravesara todo el ruido del universo y el sistema solar.

"Recibido," dijo la computadora de Geno en la nave espacial.

La señal de Kakuro comenzó a romperse, pero su jadeo se hizo más lento. En ese momento, la nave espacial de Geno estaba firmemente en su lugar en una órbita estable alrededor de Marte. Pero, ¿y el sabotaje que estaba experimentando? No pudo salvar a Ignacio, pero Ignacio debe haber buscado refugio en algún lugar del lado oscuro de la Luna. Geno rezó para que el suero de Ignacio en su cuerpo no fuera contraproducente también, lo que hace que el viaje de la Tierra a la Luna y de regreso sea corto también. Geno esperó una respuesta de Kakuro. ¿Kakuro estaba vivo?

La nave espacial de Geno estaba orbitando rápidamente como si estuviera a punto de hacer una honda desde Marte a las partes exteriores del sistema solar. La computadora se puso en marcha y comenzó a alertar a Geno. Geno continuó enviando un pulso de comunicación desde su nave espacial. Kakuro no respondió. En cambio, lo hizo la Base Médica de Marte. Las imágenes pasaban rápidamente en su pantalla de visualización desde su nave espacial. Parecía que la Base de Marte se sumió en el caos. ¿Por qué? El elixir había fracasado por completo en

casi todos los que les impiden regresar a la Tierra después del largo viaje. Geno se puso frenético y buscó los microchips que le dio su padre. Debía llegar a la Estación Júpiter ahora que todas estas imágenes de una caótica Base en Marte aparecían en su pantalla de visualización.

¿Qué le pasó a Kakuro? Geno solicitó una búsqueda planetaria de Kakuro. También llevaban insignias y el suero podía detectarse desde cualquier nave espacial. La computadora confirmó que Kakuro fue una víctima del caos en Marte. Geno comenzó a llorar.

Debo llegar a Júpiter, pensó Geno.

Las lunas que los rodeaban todavía tenían datos que le informarían lo que le estaba pasando a la Tierra y por qué comenzaba el sabotaje y por qué tantos de sus amigos estaban muertos o se creía que estaban muertos. Había tantas preguntas. ¿Seguían vivos los humanos del límite exterior del sistema solar de la nave solar? Mientras la nave espacial de Geno continuaba acelerando en su órbita alrededor de Marte, comenzó a llorar. Estaba empezando a sentir que él también estaba siendo saboteado. Geno estaba empezando a darse por vencido. Cuando estaba empezando a desmayarse, envió una última comunicación. Esta vez fue en todo el sistema solar.

VIII

Geno estaba intentando despertar de un sueño lúcido de animales extraterrestres que solo había escuchado y visto en microchips codificados o rumores en la Estación Terrestre y conversaciones con Ignacio. Siguió intentando abrir los ojos. Y cada vez, quedó inconsciente pero aún respiraba. Geno todavía estaba a bordo de la nave espacial y de alguna manera logró tocar un botiquín médico con un parche de oxígeno que podía usar para ayudarlo a respirar.

Un par de horas más tarde, se despertó y se encontró atracado en la estación Júpiter. Estaba inquietantemente silencioso a bordo de su barco. Cuando Geno abrió los ojos, parecía que su piloto y la consola de la computadora habían sido codificados. Un sonido sibilante estaba emitiendo desde su dispositivo de comunicación. Miró a su izquierda y comenzó a alejarse de los espacios reducidos de su barco porque notó que el barco estaba completamente atracado. Tenía un procedimiento: era abrir la puerta a la estación Júpiter. Y así lo hizo. Geno se paró derecho en el túnel que se extendía desde la Estación Júpiter. Sus piernas temblaban por el repentino abandono de la órbita de Marte y maniobrar más allá del cinturón de asteroides. Trató de no pensar en la pérdida de vidas que había experimentado personalmente, también en la pérdida de vidas en la Tierra. Geno nunca se había sentido solo en su vida.

Tocó su placa de comunicación. Trató de contactar a Ignacio, pero todo lo que hizo fue emitir el mismo silbido y un poco de estática. Geno sabía lo que había en la estación Júpiter. Tenía los microchips de la Base Lunar, la información de Marte y su propio conocimiento y entrenamiento. Necesitaba averiguar si había alguien en la estación Júpiter. Tocó con el pulgar la llave de una puerta. Cuando se abrió la puerta, estaba tan inquietantemente silencioso como en su barco. Empezó a caminar por un pasillo y se topó con una consola con iluminación de emergencia. Lo miró, pero una grabación de video había sido interrumpida por algún tipo de pulso magnético intenso a través de la estación. Debe llegar a la cubierta del oficial científico en jefe. Allí encontrará su respuesta.

Hasta entonces, Geno tenía una pistola de iones en caso de que hubiera un intruso de una facción en la Tierra. Cuando Geno levantó su arma y la rodeó con ambas manos, se puso nervioso. ¿Fue en la estación Júpiter donde empezaron los problemas? Se suponía que la gente aquí ayudaría a enviar datos y recalibrar el sistema geológico de defensa planetaria para ayudar a sanar la Tierra por el momento. Geno solo fue demasiado lejos con la defensa planetaria de la geología. Había oído que la Estación Júpiter se estaba preparando para los evacuados de la Tierra, pero ¿por qué la Tierra perdió su estabilidad geológica tan repentinamente? En verdad, se volvió difícil para los humanos comprender la gravedad de la situación en la que se encontraba la Tierra, pero lo hicieron lo mejor que pudieron.

Geno finalmente llegó a la cubierta del director científico. La cubierta era grande y expansiva. Había una pantalla de visualización con una imagen holográfica de Marte y la Tierra girando a ambos lados de la pantalla. Por alguna razón, todos los datos operativos y de comunicación dejaron de transmitirse a la Estación Júpiter. Geno se acercó a todas las consolas, donde oficiales, civiles y cadetes deberían han estado manteniendo sus estaciones. Geno comenzó a sudar. Quería hablar con cualquiera. ¿Había alguien por ahí? Geno finalmente llegó a una consola, y había una placa de comunicación que tenía la capacidad de activarse en la consola. Presionó la placa contra la consola para activarla. Los sonidos que llegaban a través de la placa eran solo gritos horribles. Geno había esperado que la gente de la Estación Júpiter hubiera evacuado o hecho contacto amistoso con lo que fuera o quienquiera que estuviera en el sistema solar y más allá. Sus esperanzas se desvanecieron increíblemente.

Quienquiera o lo que sea que sea el enemigo, ¿era algún tipo de depredador? ¿Son las especies sensibles, con las que se había puesto en contacto, capaces de viajar interestelar? Había una plausibilidad, por remota que fuera: todavía podría haber humanos engañando a Geno para que creyera todo esto. Una fracción después del vacío de la estación de Júpiter. Geno tragó saliva. Sabía lo que sería un ser humano tras el secreto final de la humanidad para salvar a los que quedaban en la Tierra. Geno miró una consola e insertó dos de los cinco microchips que le dio su padre. Sabía lo que estaba a punto de violar. No quería mirar hacia abajo para ver lo que revelaría la consola, sino que movió los dedos para activar la pantalla de visualización. Y allí estaba en la pantalla de visualización: la nave interestelar. Geno estaba analizando el esquema escondido detrás de una de las lunas de Júpiter. Entonces no eran humanos después de Geno o la Tierra. Quien haya iniciado el sabotaje del sistema de defensa planetario tenía que ser de más allá del sistema solar.

Geno inmediatamente puso su placa en la consola y dejó que un escaneo retinal le diera acceso a la nave interestelar. La única forma de llegar a la nueva nave era a través de la nave en la que llegó cuando llegó a la estación Júpiter. Sabía lo que había más allá de Júpiter, rumores de criaturas fantásticas de otro reino, sistema solar o galaxia, o lo que sea. Geno inmediatamente quitó su placa de la consola y finalizó el escaneo retinal. Rápidamente corrió a través de todas las puertas y pasillos abiertos por el escáner de retina y encontró el camino de regreso a la nave. La nave de Geno respondió adecuadamente e ingresó las coordenadas finales a la nave interestelar ubicada detrás de una de las lunas de Júpiter.

IX

Geno llegó a la nave interestelar llamada *Joxer*. Era enorme en comparación con la estación Júpiter. Subió a bordo y activó el protocolo de emergencia, y una silla emergió del centro para que un humano solitario navegara a un lugar seguro y tal vez disparara un par de armas de iones antes de ser abordado y tomado como rehén.

Se sentó en la silla, pero empezó a sentirse mareado. Estaba más que sintiendo los efectos del espacio. Y deseaba que Ignacio estuviera aquí. Golpeó su comunicación junto a su oído para ver si todavía estaba allí. Entraba algo, pero no sonaba como Ignacio, y estaba codificado. Geno tomó una pastilla de elixir para aliviar los efectos secundarios de sus viajes espaciales y el viaje interestelar por venir. Geno miró directamente hacia la pantalla de visualización e ingresó las coordenadas de Saturno. Antes de salir de la órbita de una de las lunas de Júpiter, recibió una comunicación de Ignacio. Era una imagen visual y no un mensaje verbal. Geno también sabía que Ignacio tenía un peculiar sentido del humor, pero la imagen que apareció en la pantalla de visión engañó a Geno. Era simplemente una imagen de la antigua lata de refresco humana 7-Up girando sobre su costado contra el telón de fondo de la oscuridad del espacio. Geno pensó en lo que podría significar. Ignacio siempre fue un fanático de la historia humana antes del gran cataclismo.

La imagen fue el comienzo de una especie de juego de rimas visuales que Ignacio no tuvo tiempo de completar. Geno tomó la imagen de la pantalla de observación e ingresó las coordenadas a Saturno y se preparó para más viajes interestelares. Se necesitaría alrededor de una hora del tiempo de la Tierra para llegar a Saturno. Geno necesitaba descansar un poco por lo que decidió tomar una pastilla para dormir.

Cuando Geno se despertó, se encontró orbitando a Saturno por encima de sus anillos. Eran hermosos según un humano tan lejano en el futuro de lo que los humanos inicialmente los tomaron como feos en el pasado. Los anillos estaban perfectamente alineados. Geno quiso y empezó a levantarse de la silla en el centro de la terraza, pero algo con el rabillo del ojo lo distrajo. Era un rayo de luz saltando alrededor de la cubierta detrás de él. Geno no era lingüista ni zoólogo extraterrestre ni antropólogo ni nadie de esa naturaleza. Pero el rayo de luz parecía estar comunicándose. Geno se dio la vuelta, pero en ese momento, el rayo de luz saltó a la consola de la computadora. Geno sabía que allá en la Tierra, este tipo de fenómenos se llaman trucos del ojo, pero esta vez el rayo de luz afectó un código de la consola y en toda la nave. Los humanos antes que él habían llamado a estos fenómenos "sprites" tan lejos en el sistema solar.

Geno activó su placa y dispositivo de comunicación para registrar esta interacción. La pantalla de visión se activó repentinamente y una imagen inocente de la Luna de la Tierra girando silenciosamente apareció en el medio de la pantalla. Geno pensó en Ignacio, pero tan pronto como lo hizo, apareció una imagen horrible de la Tierra. El cielo estaba lleno de penachos de ceniza oscurecida y humo. En algunos continentes, se vieron lagos de lava incandescente, y los océanos se habían vuelto marrones en la costa y los trópicos. Geno miró para ver qué fecha era para predecir este cataclismo final de la Tierra.

Geno solo negó con la cabeza. De repente, el fenómeno sprite saltó de la consola y se envolvió alrededor de su dedo. La sensación de hormigueo le sugirió que colocara el dedo en la barra de navegación, y así lo hizo. La información de navegación publicada fue una ruta al planeta Urano. Geno no podía concebir por qué; se asustó. Perdería contacto con Ignacio y quienquiera que quedara en la Base Lunar. El sprite no se rendía. Tan pronto como Geno se resistió a deslizar su dedo para coincidir con su proceso de pensamiento cognitivo para navegar, la nave se alejó lentamente de los anillos de Saturno y, de repente, fue propulsado a la distancia media entre Saturno y Urano.

Cuando Geno estaba a la distancia media entre Saturno y Urano, la nave interestelar llamada *Joxer* comenzó a girar contra la gravedad de Urano. El sprite saltó de la consola y saltó directamente a la pantalla de visión y presumiblemente al vacío. Todo lo que quedó en la consola antes de Geno fue una cita de un poema de Edgar Allen Poe, y decía: "Es todo lo que vemos o parecemos sino un sueño dentro de un sueño."

Geno se compuso. Su psique fue perturbada por este mensaje; tal vez eran las pastillas para dormir que había estado tomando. No quería saber, aquí en las vastas extensiones del sistema solar, que todo era un sueño, ya fuera una broma o un truco de Ignacio o algún extraterrestre inteligente o alguna otra forma de vida.

De repente, desde la pantalla de visualización apareció una forma lista para encantar a Geno. Geno se resistió a la forma, pero tan pronto como lo hizo, comenzó a brillar con un color amarillo dorado. Geno trató de entender lo que estaba pasando al principio a través del mensaje ahora cojo de Ignacio en la historia humana llamado "tripping out," pero su análisis médico dijo que no estaba alucinando y que la entidad podía comunicarse.

"Bueno, hola," dijo la forma humanoide. "Mi nombre es Oberon," dijo con voz profunda y asertiva.

"¿Y qué quieres?" preguntó Geno.

"¿Desear? Ese no es un concepto que yo entienda. Pero ustedes, la especie humana, están al borde del colapso en todo el sistema solar, y si los de mi especie no brindan ayuda lo suficientemente rápido, tal vez los humanos se extingan," dijo la forma humanoide de Oberon.

Geno encontró sus palabras cortantes y poco acogedoras, pero Geno tocó su placa de comunicación y la traducción se escuchó mucho mejor. Geno frunció el ceño. Fue entrenado en procedimientos de primer contacto, pero por alguna razón, esta forma humanoide parecía un poco inepta a partir de los datos recopilados sobre cuán fuertes y poderosas deberían ser las formas de vida extraterrestre y otras del espacio.

"¿Necesitas ayuda?" preguntó Geno.

"Sí, lo hago," dijo Oberón. "Parece que nuestras dos especies se han visto atrapadas en una especie de pelea. Su planeta llamado Tierra está en grave peligro al igual que la existencia de mi especie."

"¿Pero por qué?" preguntó Geno.

"Bueno, hay una trampa si te digo algo más," dijo Oberon.

Y tan pronto como completó su declaración, el duende saltó de regreso a la nave y entró en los sistemas de armas de Joxer, la nave interestelar. A Geno no le gustó el hecho de que los fenómenos intentaran armar aún más la nave. Geno intentó bloquear las entradas del sprite pero falló.

"¿Necesitamos estar armados?" se dirigió a Oberón.

"Bueno, sí, necesitamos estar armados,» respondió Oberón.

"¿Pero por qué? No estoy entendiendo. Solo estaba en una misión para descubrir por qué los sistemas de defensa geológica de la Tierra habían sido saboteados por humanos o no humanos y esperaba un mensaje y colaboración de paz," dijo Geno.

"Habla casi como un verdadero diplomático," dijo Oberon. "Tal vez por eso te sucede esto, pero no somos esa especie que se preocupa por el destino y la política."

"Entonces, ¿qué te preocupa?" preguntó Geno.

"La preocupación por los humanos rara vez irritaba a los de nuestra especie," respondió Oberon. "Sin embargo, para mantener este comercio con los humanos antes de embarcarse en su viaje interestelar, desafortunadamente calculamos mal qué tan pronto y rápido la Tierra se volvería inestable."

"Entonces, ¿qué deben hacer el resto de los humanos si afirmas que calculaste mal algún tipo de efecto geológico y cosmológico en la Tierra?" preguntó Geno.

Oberón suspiró. "Bueno, el fenómeno que llamas sprite, su nombre real es Puck, un ayudante del tipo de donde soy," respondió Oberon. "Sí, y el verdadero secreto entre tú y nuestra especie es que estamos atrapados en una pelea."

"Bueno, si es una pelea lo que estás buscando, la humanidad no está realmente preparada," dijo Geno.

"Ah, y los de mi especie nunca estuvieron preparados para una pelea," dijo Oberon. "Desarrollamos un sistema de armas rápidamente, pero ya era casi demasiado tarde hasta que decidimos sabotear la Estación Terrestre y el resto de las estaciones."

"¿¡Hiciste qué!?" gritó Geno.

"La típica respuesta que mi gente esperaba de ti, Geno," dijo Oberon. "Pero aún así, hay un enemigo mucho mayor que yo. Ese enemigo negoció demasiado."

"Entonces, ¿dónde está él o ella?" preguntó Geno, furioso. "La estabilidad geológica en la Tierra no fue el resultado de un sabotaje, lo sé, ¡pero sí lo que sucedió con las estaciones!"

Geno miró lo que el sprite llamado Puck le estaba haciendo a la consola de navegación. Estaba ingresando coordenadas de navegación más allá del sistema solar y en lo que se conoce como la Nube de Oort. Geno solo había escuchado leves rumores de humanos que viajaban a esa región del espacio.

XI

Geno concedió lentamente a la forma de vida llamada Puck. Ahora tenía la consola de navegación. La forma humanoide de Oberon todavía estaba en la cubierta principal de la nave espacial Joxer. Su próximo destino parecía ser la Nube de Oort. Sin embargo, la nave espacial Joxer claramente no estaba lista para el entorno espacial que se le arrojaba. ¿Qué había en la Nube de Oort? se preguntó Geno. Oberon parecía despreocupado y más preocupado de que llegáramos al borde de la Nube de Oort. ¿Cómo puede ayudar a salvar la Tierra y las estaciones estar aquí en el sistema solar?

Al principio, la tarea de Geno en Marte daba miedo, pero pensó que sería sencillo recalibrar el sistema de defensa geológica planetaria para darle más tiempo a la Tierra.

Geno miró a Oberón. Oberon parecía estar en un estado mental como si estuviera leyendo la mente de Geno. Oberón guiñó un ojo.

"Sí, tienes razón sobre tu preocupación, Geno,» dijo Oberon. "Qué estamos haciendo aquí es una buena pregunta. No hace falta decir que el enemigo, por el que los de mi clase, los nuestros, están preocupados, tienen interés en estar aquí.

"Bueno, ¿qué pasó con la gente de la estación Júpiter?" preguntó Geno.

"Bueno, enfrentaron su desaparición", respondió Oberon, "con clemencia, podría agregar, en cuanto a qué final deberían enfrentar."

"¿Pero el enemigo eligió la muerte de tantas personas a bordo de la estación Júpiter?" dijo Geno.

"En las palabras de este enemigo tuyo y mío, se ha llegado a la historia. Incluso entonces, este ha sido un trato difícil porque su final no justificaba la historicidad de todo esto. Los humanos no han encontrado un destino en la batalla desde hace bastante tiempo," dijo Oberon.

Oberon chasqueó los dedos y el duendecillo Puck rápidamente llegó a su lado. Geno se paró al lado de la silla solitaria en la cubierta y miró la pantalla de visualización como si estuviera listo para un escáner de retina. En cambio, los alrededores de Geno desaparecieron.

Oberon y Puck todavía estaban allí, pero por el aspecto de su entorno, Geno se encontraba en un plano astral de existencia diferente. Oberon suspiró de nuevo sobre Geno. No se formó una forma o un sprite amigo en frente de Geno oa su lado. Pero una voz tan extranjera como algunos de los idiomas antiguos comenzó a articular el nombre de Geno. El dispositivo de comunicación y el dispositivo auditivo de Geno desaparecieron.

El sentido de dualidad de Geno estaba en juego. Oberon hizo que el sprite Puck se protegiera de la sensación de depresión que a menudo experimentan los humanos. Geno tocó su placa por última vez con la esperanza de que Ignacio todavía estuviera vivo y sonó un pitido. Ignacio, por suerte, aún estaba vivo.

Oberon permaneció en silencio, y Puck permaneció inmóvil, solo brillando tenuemente contra el leve cambio de color de este diferente plano astral de existencia. Geno siguió quedándose en el tenue cambio de color del plano astral.

"¿Y qué es lo que quieren ustedes tres?" Preguntó una voz.

Geno se sorprendió de que la entidad incluso reverenciara al duende Puck. Oberon rápidamente se hizo cargo. "No hemos venido a ser solo diplomáticos, Juno, pero en términos humanos, esta vez se debe llegar a un acuerdo. Tienes el poder de salvar a la humanidad y a la mía," dijo Oberon.

"¿El conocimiento humano comprende lo que soy y lo que soy capaz de hacer?" preguntó Juno.

"Él no lo hace," dijo Oberón.

"¿Qué quieres decir con que no sé o entiendo que esta entidad es capaz de hacer?" replicó Geno.

"Siempre ha sido una artimaña,"dijo Juno.

"Una artimaña," dijo Geno, "pero ¿por qué? Mi gente es honesta y franca y ha superado obstáculos insuperables para el futuro de mi especie."

"Pero todavía quiero destruirte a ti y a los de tu especie," dijo Juno. "Los de tu especie han demostrado ser indignos de la dualidad que experimentaste entre Oberon y tú."

"¿Qué quieres decir?" dijo Geno, casi histérico.

"En lenguaje humano, y no para insultar tu inteligencia, Geno, ¿qué necesitarían al menos las cuatro entidades aquí para destruir?" dijo Juno. Y fíjate, no soy muy filosófico.

"Todavía no sé a qué te refieres," respondió Geno.

Oberon se mantuvo distante del lado de Geno, al igual que Puck.

"Tal vez necesito hacerme más evidente," dijo Juno. "He estado observando. Pero solo soy una entidad unida casi por las mismas fuerzas cosmológicas que los humanos pueden ser algún día. Pero probaste algo a través de la acción por una cosa.

"Entonces no destruyas la Tierra ni a ningún humano si demostramos ser dignos y yo," dijo Geno. "Ah, acercarte a quien molestaste a los seres humanos," dijo Juno. "Recuerda que todo es un sueño pero dentro de un sueño."

"Bueno, sí, lo recuerdo," dijo Geno.

"Bueno, te refieres a mi amigo, uno de mis últimos amigos después de esta tragedia," dijo Juno.

"Tenían razón," dijo Juno con voz cada vez más débil, y luego, de repente, Geno fue golpeado por un haz de luz pulsante y aterrizó en la cubierta de Joxer, la nave espacial.

XII

Geno despertó a Ignacio en la Base Lunar.

"Oh, Dios mío, ¿qué pasó?" dijo Ignacio. "El núcleo de la Tierra se está volviendo inestable."

Geno miró a su alrededor. Todavía tenía todas sus insignias y dispositivos. Su cuerpo emitió un pitido y comenzó a buscar a tientas en su traje los microchips que le había dado su padre. Geno tenía un dolor de cabeza palpitante.

"Toma, toma estos microchips," dijo Geno. "Solo tómelos e introdúzcalos en el sistema de defensa global y la computadora."

"¿Estás seguro de que solo quedan unos pocos humanos en la Base Lunar?" preguntó Ignacio.

"Sí. Hazlo," respondió Geno.

A pesar de que Geno e Ignacio acababan de ser iniciados en la defensa planetaria de la geología, Ignacio obedeció las órdenes de Geno. De repente, el sistema de alerta de estabilidad geológica de la Tierra pasó a la etapa 2. Pero el daño ya estaba hecho en el clima y la geología de la Tierra. Las evacuaciones se estaban llevando a cabo según lo planeado.

"Salvaste innumerables vidas," dijo Ignacio. "¿Cómo lo hiciste?"

"Gracias, pero no, gracias," dijo Geno sobre repetir la historia.

"¿Sabes cómo llegaste aquí?" preguntó Ignacio.

Geno sonrió. Llegué aquí sólo a través de un cuento de hadas. "¿Qué está pasando en la Tierra?" preguntó Geno.

"¡La geología y el clima de la Tierra aún son inestables!" gritó Ignacio, dirigiéndose a otra consola.

Geno sintió ganas de vomitar. Se levantó del suelo y se dirigió a las habitaciones privadas más cercanas a bordo de la Base Lunar. Sobre un fregadero, Geno se echó un poco de agua en la cara y se golpeó la nuca sudorosa con una toalla. Después de que terminó de secarse la cara, Geno palmeó su traje en busca de un último microchip.

"¿Olvidando algo?" preguntó una voz que Geno apenas reconoció.

Geno se dio la vuelta y vio a Oberon y al duendecillo Puck.

Oberon agarró el brazo de Geno y abrió su puño. En él está la clave para el futuro de la Tierra y el futuro de la humanidad. "¿Pero, qué es esto?" preguntó Geno. "Estoy contento de ver a mi amigo antes de que evacuemos."

"Bueno, date prisa y dáselo a Ignacio," dijo Oberón.

"Sí, señor," dijo Geno.

Geno corrió por todos los pasillos y finalmente se encontró con Ignacio y algunos civiles y un cadete. ¿Quién lo entendería? ¿Es demasiado tarde? "Aquí," le dijo Geno a Ignacio. "Ingrese este esquema para salvar la Tierra. Simplemente no es cualquier otro microchip."

El cadete lo miró con ojos cansados. El civil salió rápidamente de la habitación, notando que esto no tenía nada que ver con la evacuación. Ignacio agarró el microchip.

"Bueno, ¿esto salvará la Tierra?" preguntó Ignacio.

"Algo parecido a eso," bromeó Geno.

Ignacio lo ingresó y mostró un esquema de algún tipo de esfera, un par de siglos antes del establecimiento de la defensa planetaria de la geología conocida como la esfera de Dyson. Parte de la tecnología en el año 2350 se parecía, pero el microchip fue más allá de un esquema para salvar la Tierra.

Ignacio estaba eufórico. "Esto tiene el potencial de anular la red geológica de defensa planetaria para lo mejor, incluida la de la Tierra y la de Marte," dijo. La red geológica de defensa planetaria ahora tenía suficiente poder para someter y cambiar las fuerzas geológicas que afectan a la Tierra.

Geno fue al área de la bahía de atraque para regresar a la Tierra. Ya estaba harto de este viaje espacial y de salvar potencialmente a la humanidad; simplemente no estaba en sus credenciales.

En el muelle de la bahía de transbordadores, Geno escuchó un golpe. Ignacio estaba allí. "Geno, creo que te estás olvidando de algo. No sé qué es, pero es una de esas cosas centenarias que me fascinan," dijo Ignacio.

Geno agarró el artículo de su mano y asintió. E Ignacio volvió a salir rápidamente por la otra puerta del muelle. Geno abrió su mano. Era una galleta de la fortuna china. Geno lo partió por la mitad. Y decía: "¿Es todo lo que vemos o parecemos sino un sueño dentro de un sueño?"

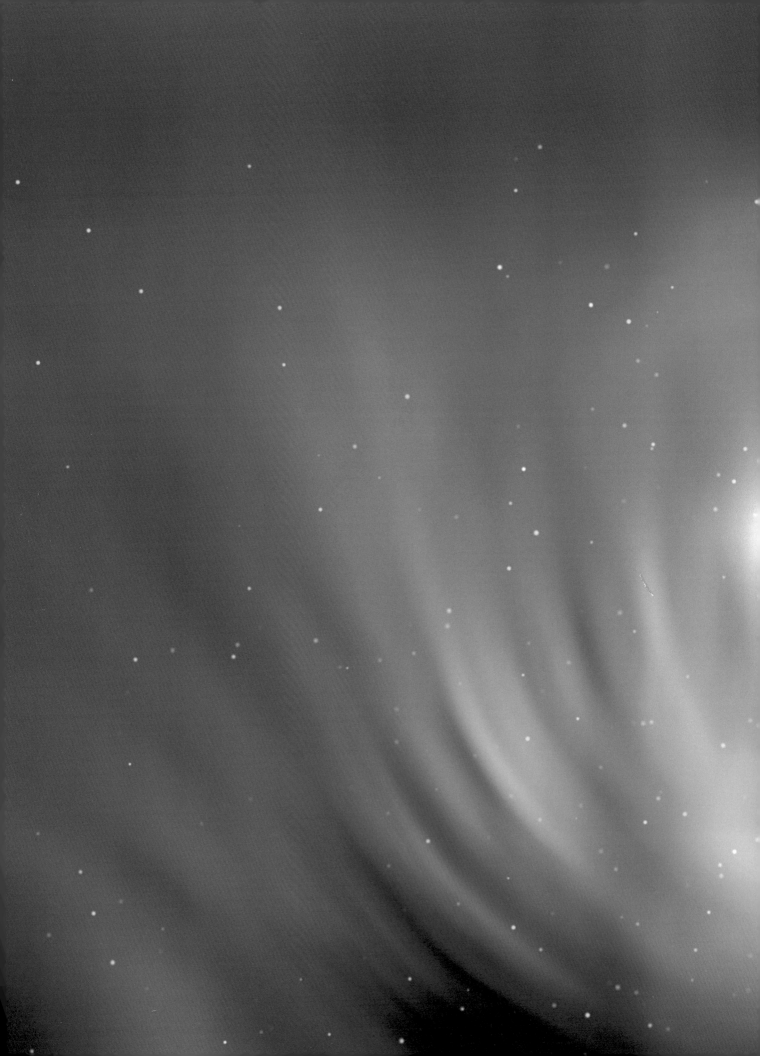